COMO CRIAR UMA HISTÓRIA

Naomi Jones

Ana Gómez

Milo queria uma história.

A mamãe disse para ele escolher um livro da estante.
Mas Milo queria uma história totalmente nova, só dele.

“Por que você não inventa uma?”,
sugeriu a mamãe.

Mas Milo não sabia como.
E estava com medo de fazer errado.

"Não tem como errar uma história", disse a mamãe.
"Você só precisa de um começo, de um meio e de um fim".

"Você pode me ajudar com
o começo?", perguntou ele.

A mamãe pensou um pouquinho.

"Poderia ser sobre um garoto chamado..."

“...LOBO!”, gritou Milo.

Então ele correu para o
quintal em busca de ideias.

"Estou criando uma história incrível sobre um garoto chamado Lobo", disse Milo à vovó.

"E depois, o que acontece?", perguntou ela.
"Hum... eu não sei...", respondeu Milo.

"Nas histórias, as pessoas geralmente querem alguma coisa", disse a vovó.

Milo pensou e pensou, então teve uma ideia: Lobo queria encontrar muitos tesouros brilhantes!

Era uma vez,
na selva
profunda
e escura,
Lobo... que
olhou, olhou
e olhou...
...até que ele viu um...

Ele era GRANDE, dourado e muito brilhante, mas um tigre assustador tomava conta dele!

Lobo era corajoso e engatinhou na direção do tesouro. Mas a cauda do tigre se mexeu de repente e então ele...

...ATACOU!
Mas Lobo foi mais rápido!

Milo correu para dentro de casa.
"Estou criando uma história", disse ele ao papai.
"ESTÁ INCRÍVEL, mas eu não sei
o que acontece no meio dela".

"Bem", disse o papai, "o meio é onde as coisas ficam
mais complicadas e mais emocionantes".

Milo olhou em volta, procurando sua próxima ideia...

Não demorou
muito para ele
encontrar uma.

BRUM!
BRUM!
"Deslizamento", gritou Lobo.
BRUM!
Era pedra por todo lado.
Debaixo delas, ele avistou mais tesouros brilhantes, mas...

...havia dois monstros pegajosos
e babentos atrás de Lobo, e
eles queriam devorá-lo!
SLURP
SLURP

"SOCORRO!",
gritou Lobo.
Como ele
iria escapar?

Bem nessa hora, outra ideia surgiu na cabeça de Milo.

"Ah-rá! Vejam! Ursos!",
disse Lobo.
Enquanto os monstros
estavam ocupados com
os ursos, ele fugiu.

Milo achava sua história
sensacional, mas não
sabia como terminá-la.
Então subiu as escadas
em busca de ideias.

...os monstros babentos
o seguiram e ainda
pareciam FAMINTOS!

Lobo precisava
se esconder.

QUARTO
DO MILO

Milo se escondeu em sua cabana e olhou para sua coleção de blocos encaixáveis. Então ele pensou nos tesouros de Lobo.

Talvez Lobo pudesse fazer algo com o tesouro, assim como uma história se faz com palavras.

Será que isso o ajudaria a encontrar o final?

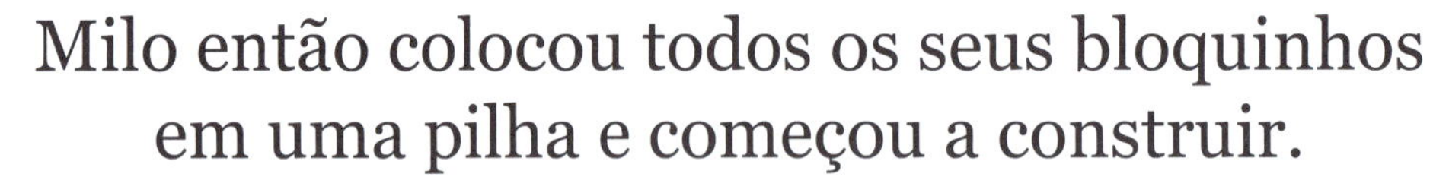

Milo então colocou todos os seus bloquinhos
em uma pilha e começou a construir.

Com o tesouro, Lobo
fez um baú dourado.

Mas, enquanto ele estava ocupado, os monstros babentos o encontraram!

Lobo percebeu que eles não pareciam famintos, mas sim tristes.

Daí ele decidiu compartilhar seu tesouro com os monstros para animá-los!

E só havia uma coisa para Milo dizer...

"...Fim!"

Foi muito divertido
criar uma história com
começo, meio e fim.

E Milo teve outra ideia...

... afinal, as histórias são muito melhores quando compartilhadas!

A GRANDE AVENTURA DE LOBO
Era uma vez, na selva profunda e escura, Lobo...
que olhou, olhou e olhou... até que ele viu um...
TESOURO!
Ele era GRANDE, dourado e muito brilhante, mas um tigre assustador tomava conta dele!
Lobo era corajoso e engatinhou na direção do tesouro. Mas a cauda do tigre se mexeu de repente e então ele...
ATACOU!
Mas Lobo foi mais rápido!

Lobo começou a escalar
uma montanha muito, muito,
MUITO ALTA. Mas...

...os monstros babentos
o seguiram e ainda
pareciam FAMINTOS!
Lobo precisava
se esconder.

Mas, enquanto
ele estava ocupado,
os monstros babentos
o encontraram!

Lobo percebeu que
eles não pareciam
famintos, mas
sim tristes.

Depois de compartilhar sua história com seu irmão e com sua irmã, Milo sabia exatamente onde guardá-la em segurança até a próxima leitura.

A GRANDE AVENTURA DE LOBO

FIM.

TÍTULO ORIGINAL *How to make a story*
How to Make a Story foi publicado originalmente em inglês em 2023.
Esta edição foi publicada em acordo com Oxford University Press.

TRADUÇÃO Mariana Palezi
REVISÃO Natália Chagas Máximo
DIAGRAMAÇÃO Pamella Destefi

Dados Internacionais de Catalogação na Publicação (CIP)
(Câmara Brasileira do Livro, SP, Brasil)

Jones, Naomi
Como criar uma história / Naomi Jones; [ilustrações Ana Gomez; tradução Mariana Palezi]. – Cotia, SP: VR Editora, 2023.
Título original: How to make a story
ISBN 978-85-507-0374-9

1. Literatura infantojuvenil I. Gomez, Ana. II. Título.

22-133547 CDD-028.5

Índices para catálogo sistemático:
1. Literatura infantil 028.5
2. Literatura infantojuvenil 028.5
Vera Lucia de Jesus Ribeiro – Bibliotecária – CRB 9861/8

Para a mamãe e o papai, que me ajudaram a me apaixonar por histórias.
Naomi Jones

Para Sergio, meu apaixonado por histórias.
Ana Gomez

VR EDITORA S.A.
Via das Magnólias, 327 – Sala 01 | Jardim Colibri
CEP 06713-270 | Cotia | SP
Tel.| Fax: (+55 11) 4702-9148
vreditoras.com.br | editoras@vreditoras.com.br

1ª edição, abr. 2023
FONTE Georgia Regular 18/21,6pt;
Providence Sans Pro Regular 22/26,4pt
Impresso na China | Printed in China
LOTE OUP181122